那一粒灯火

倪美群 著

中国文联出版社

图书在版编目（CIP）数据

那一粒灯火 / 倪美群著 . -- 北京 : 中国文联出版
社 , 2023.12
ISBN 978-7-5190-5379-6

Ⅰ . ①那… Ⅱ . ①倪… Ⅲ . ①诗集－中国－当代
Ⅳ . ① I227

中国国家版本馆 CIP 数据核字 (2023) 第 249200 号

著　　者　倪美群
责任编辑　王素珍
责任校对　潘传兵
装帧设计　吴燕妮

出版发行　中国文联出版社有限公司
社　　址　北京市朝阳区农展馆南里 10 号　邮编 100125
电　　话　010-85923025（发行部）　　010-85923091（总编室）
经　　销　全国新华书店等
印　　刷　三河市龙大印装有限公司

开　　本　880 毫米 ×1230 毫米　1/32
印　　张　7
字　　数　200 千字
版　　次　2023 年 12 月第 1 版第 1 次印刷
定　　价　52.00 元

目　录

第一辑　温暖篇

第二辑 等待篇

第三辑　追寻篇

挥洒诗意芬芳，吟咏岁月吉祥

张恩浩

　　打开邮箱，在芳香四溢的五月，品读诗人倪美群转给我的作品，感受她笔下的快乐、忧伤、幸福、沧桑。

　　相对而言，在信息高度发达的时代，在异彩纷呈、异常喧嚣的文坛，铺天盖地的作品让我们目不暇接，而真正能够打动读者的作品却并不多见。这种窘境，足以令很多作家诗人尴尬、汗颜。

　　值得庆幸的是，在倪美群的诗歌作品中，我们看到了质朴的真，纯良的善，浪漫的美。不知不觉间，我竟然被那些洒脱而灵动的文字自然渗透出来的温暖、真情、美感所深度感染。这对吝啬赞美之词的我来说，已经很不简单。

　　……夏风纵横／一粒粒鸟鸣／溅落在漫漫长空／／
此刻，我渴望成为一条鱼／只要七秒的记忆／牢记
幸福，和／欣喜……

　　　　　　　　　　　　　　——《七秒记忆》

在洁净的时空中，我们情愿"只要七秒记忆"，而且只用于"牢记幸福、欣喜"。这是人生的智慧，其实也蕴含着深刻的哲理。

> ……小巷有零星的 / 花香，鸟鸣 / 轻轻地，诉说着 / 巷子的安宁 // …… // 此刻，我 / 走进熟悉的小巷 / 环卫工人正清扫 / 潦草晨光
>
> ——《小巷》

这是一个我们熟悉的普通的生活场景，花香、鸟鸣中，"环卫工人正清扫 / 潦草晨光"。在这样简单明了的画面中，我们感受着生活的美好，而且分明接受着某种感动。

我始终认为，文学创作，不应该拒绝抒情，而真正有效的抒情，应该是一种植入生活深处的"有氧运动"。

> ……远方，有雷鸣，雨声 / 而我，也和 / 这只小黑狗 / 正在蝉鸣中 / 搬运阴影
>
> ——《苦夏》

这样的语言无疑是生动的，鲜活的，而且不失风趣。但仔细品读，我们又感受到了某种负重——我和这只小黑狗在暴雨到来之前"搬运阴影"。看似写实，但其实速写的是忙碌而疲惫的众生。诗在言外，就是这个道理。

在倪美群的诗集中，关于母爱的作品占了很大的比重，

情真意切，令人动容。

> 那是一条好长好黑／又很陡峭的路／爬过一座山，又是一座山／墨色的山林覆盖着／长夜的寂静／和辽远／／……／／这里，没有鸟鸣／没有歌声／只有不断飘来的五谷馨香／和镶嵌在夜幕上／闪亮的星星／／此刻，我仿佛看见／一位年轻的母亲／正在注视着怀中的婴儿／她眼中的几滴晨露／正缓缓地飘进风中
>
> ——《在梦里看见》

一个年轻母亲的身影，在崎岖的山路上奔走，在浓密的夜色中穿行，是外出谋生，还是为襁褓中的婴儿求医治病？而无言的母爱，凝聚在深情的注视中……

> 月光朦胧／母亲的喘气分贝／高于流水声／／风，再一次／卷起母亲的白发／她神色凝重／松弛的嘴角／在咀嚼着时光／／船家挥舞着双桨／在风浪里穿行／我用力攥紧母亲的手／看着鱼群一次次／掠过船舷／／终于，登船上岸／站在红尘的渡口／披着阳光，静静地／回望波澜
>
> ——《母亲送我过河》

惊心动魄，扣人心弦。

儿行千里母担忧。在人生的一次又一次的送行告别中，

不需要太多的语言，但母亲的千般不舍，万般牵挂，都在她的行动上，目光中。

　　天色暗下来／母亲划着火柴／点上灯盏／开始烧水，做饭／／村庄安静／不时响起零星的蛙鸣／庄稼在夜色里生长／星光在天空中荡漾着／／这时候，母亲会提着油灯／走出家门／深一脚，浅一脚／来迎接我们／／在母亲的引领下／我们欢快地走着／那不断跳动的光芒／把我们的童年／照亮

　　　　　　　　　　　　　　　　——《光芒》

　　这是另一个充满烟火气的生活场景：母亲生火做饭，然后提着油灯走出家门，深一脚浅一脚地迎接上完晚自习的孩子回家……

　　画面温馨，却并不浪漫。因为在那个贫困年代，每个家庭都度日艰难。感谢伟大的母亲，用油灯"正在把我们的童年照亮"，并给孩子带来无尽的温暖……

　　走出梦境，路上已是／车水马龙／／晨曦里的长椅／再不见母亲的身影／和她温暖的笑容／而那个孤独的位置／依然整洁，宁静／／多少年，母亲用慈祥的目光／抵御着人间的寒冷／也照亮了儿女们的前程／／……／／此刻，当我抬起头来／枫叶正红，一缕缕秋风／吹湿了我的眼睛

　　　　　　　　　　　　　　　——《晨曦里的长椅》

似曾相识的场景，似曾相识的亲情，一帧帧熟悉的画面，在我们眼前闪动，于无声处，大爱永恒。

对于失去的母爱，总让我们耿耿于怀，人生最大的悲哀就是"树欲静而风不止，子欲养而亲不待"……

而写到父亲，我们看到的则是另一幅动感画面。

> 这条小路／一次次被杂草掩埋／荒芜，裸露着泥沙／那些扭曲的车辙／通往岁月深处／／雨，在飘落／故乡的泥土，开始／柔软，温情／开始哺育种子，和／长梦／／天晴之后／父亲推着小板车／又一次启程／那条通往远方的小路／铺满了花香，鸟鸣
>
> ——《小路》

人间荒芜，苍茫，一个普通而又伟大的父亲的形象跃然纸上——肩负"哺育种子，和长梦"神圣使命的父亲，不畏艰险，风雨兼程，在漫漫人生路上勇往直前。质朴，生动，可亲，可敬！

> 一场雨，从树叶间／刻画出静的高度／湿漉漉的鸟鸣，再一次／把乡愁唤醒／／雨幕下，父亲一手扶犁／一手挥着牛鞭／躬着背在田间／犁出一片风景……
>
> ——《雨滴划过天际》

在作者的笔下，我们仿佛看到了雨过天晴后，勤劳的父亲在故乡的土地上，一手扶犁，一手挥鞭，犁出一片风景，或者应该说，"父亲"躬耕的形象，本身就是一幕独特的风景。

在众多的创作题材中，乡愁，是一个美丽而古老的话题，也是作家诗人不吝笔墨反复抒写的情感，而倪美群作品里的乡愁，则是另一种展现。

> ……秋色深处 / 我看见一些 / 头顶着花瓣儿的人 / 停靠在异乡的渡口 / 静静等候 // 远方的山峦，风霜 / 炊烟，波浪 / 在风声中起伏，荡漾 / 含香的金色乡愁 / 正缓缓地铺向远方
>
> ——《金黄色的乡愁》

意象鲜明，意境深远，画面饱满，诗意盎然。

> 世界开始摇动 / 风推着河流、落叶，和 / 弯曲的倒影 / 在阳光下移动 // 一盏绿茶 / 舒展着早春的宁静 / 一杯红酒 / 晃动着熟悉的歌声 // 秋水寒凉，长路苍茫 / 只有心中那一粒灯火，依然 / 在行程路上 / 照亮远方
>
> ——《那一粒灯火》

有人说，"距离产生美"。其实，距离故乡越远，乡愁越有质感。远在异乡，风吹草动，雁过长空，每一次季节变换，

岁月轮回，都能触发我们的思念。长路漫漫，任重道远，但总有一盏灯，"照亮远方"，抵御苦寒……

触景生情，多愁善感，是很多作家诗人的自然状态。漫步人间，我们经营着自己的梦想，也关注着百态人生。

> 一棵老枫树 / 被虫子和风，不断 / 掏空 / 陷入了更深的孤独 // 每次站在窗前 / 我都会情不自禁地，介入 / 这棵老树的无助，和 / 孤单 // 秋天来临 / 大地萧瑟，苍茫 / 我走出忧郁 / 微笑着，和 / 这一树红叶一起 / 摇曳着风霜
>
> ——《秋意》

岁月蹉跎，大地苍茫。站在时光深处，我们感慨着春华秋实、雨雪风霜，也感叹着人间的沧桑和悲壮。

> ……红尘中，我把冷风藏进口袋 / 躲避车流，人潮 / 经常在拥挤中趔趄，叹息 / 沉默，无语 // 但我，总会 / 带着自己的影子 / 不离不弃
>
> ——《影子》

顾影自怜，在冷风中涂抹着寂寞的色彩；拥抱自己，用沉默诠释着喧嚣背后众生的无奈，悲哀。

> ……窗外的风 / 穿越着城市的喧嚣 / 窗内，清茶泛香 / 梦中的艾草，水珠 / 在信笺里颤抖，生动

// 天色暗下来 / 你起身，点起灯火 / 照亮某种酸楚
和疼痛 / 那些不断攀爬的绿藤 / 已在绝处逢生

——《绝处逢生》

曾经贫穷，曾经疼痛，但正是这样的磨砺，焕发了我们昂扬的斗志，激发了我们的图腾。

挥洒诗意芬芳，吟咏岁月吉祥。这是一种良好的写作状态，也是一位诗人应有的自觉担当。

浏览倪美群整理的一百多首诗歌，尽管风格相近，但亮点纷呈，可圈可点。字里行间，我似乎接收到了不断弥漫过来的明媚而清新的气息和她信手勾勒的诗情画意。

真诚祝愿倪美群在文学之路上越走越快乐，越走越宽广！

2023 年 5 月 12 日于河北丰润

（张恩浩　当代诗人，中国作家协会会员，中国诗歌学会理事）

温暖篇

　　夜色落幕，寂静如水。置身于一间黑暗的屋子，点亮一盏灯，一束光，扑面而来！目光里的坚毅把世界照亮，温暖万物，天空中布满了星星，思想的音符在文字上滑翔，我在灯火里打捞记忆的影像……

别样的寂静

月亮初升，草木摇曳着
荒野，一片宁静
漫步在夜色里，聆听风声
虫鸣，光阴幽暗
远山朦胧

这些年，我不断跋涉
逐梦。漫长的路上布满了荆棘
沙砾和云影

辽阔的夜
只有几粒耀眼的星星
落寞地闪烁

新芽

从屋子里抽出身体
灵魂就嗅到了
阳光甜美的笑容

她像含苞待放的迎春花，
被风拉扯入鼻，花香夹杂着
鸟雀赞美的嗓音
连接着蓝天和梦幻

彩云翻腾
酝酿一场雨
枝叶舞动
地平线上，弥漫温馨
风挺起胸膛，舞动嫩绿的叶子
一枚枚寂寞的种子
正在发芽

母亲送我过河

月光朦胧
母亲的喘气分贝
高于流水声

风，再一次
卷起母亲的白发
她神色凝重
松弛的嘴角
在咀嚼着时光

船家挥舞着双桨
在风浪里穿行
我用力攥紧母亲的手
看着鱼群一次次
掠过船舷

终于，登船上岸
站在红尘的渡口
披着阳光，静静地
回望波澜

寻觅花香

黄昏临近
一缕春风
在烟火里穿行

被吹拂的花草，树丛
装点村庄的宁静
人间，浅春

暮归的人
已经把种子撒进田间
他手牵的老牛
正在反刍瑰色的云影

那束光

夜幕低垂
母亲又站在村头
用手，紧紧呵护着
被风撩起的灯火

夜色加深
我一步步走近母亲
在她的牵引下
走过童年
走出竹木汹涌的乡村

多少年后
我常常想起
母亲站在路口守望的
眼神，和
精心呵护的那一束光
静静照亮远方

把自己变成一棵树

淡淡栀子花香
悠悠布谷鸣唱
夏日的雨说来就来
做一个神秘的道场

捧一把雨水浸润心事
爱与被爱，都是一种放纵
其实没有谁对谁错
火红的玫瑰依然绽放

雨水，在流动
我伸展双臂
模仿一棵大树
紧紧拽住摇曳的时光

星星划过天空

深夜，我在山口伫立
星星，嵌入梦中
草木复活
那些飘走的蒲公英
与安静下来的山谷
共筑一道和谐
孤独的身影
在自我发光

偶尔，几声鸟鸣
点缀着摇曳的暗影
一切都那么安静
小草探出头
正与宿命抗争

长夜深处，一颗
拖拽光芒的星星
悄悄划过天空

在梦里看见

那是一条好长好黑
又很陡峭的路
爬过一座山，又是一座山
墨色的山林覆盖着
长夜的寂静
和辽远

当一束光穿透黑暗
映入眼帘的是
峭壁，岩块
和恐怖的深渊

这里，没有鸟鸣
没有歌声
只有不断飘来的五谷馨香
和镶嵌在夜幕上
闪亮的星星

此刻，我仿佛看见
一位年轻的母亲

正在注视着怀中的婴儿

她眼中的几滴晨露

正缓缓地飘进风中

小路

这条小路
一次次被杂草掩埋
荒芜，裸露着泥沙
那些扭曲的车辙
通往岁月深处

雨，在飘落
故乡的泥土，开始
柔软，温情
开始哺育种子，和
长梦

天晴之后
父亲推着小板车
又一次启程
那条通往远方的小路
铺满了花香，鸟鸣

春风那么暖

关掉空调和手机
与城市的浮华隔离

油菜花一波一波
摇晃着春色
一棵老桃树
把自己交给了风

翻出一些旧物
远去的童年，褪色的家园
都已成为相册里的老照片

春风那么暖，那么软
一棵棵茁壮的绿草
循着记忆的脉络
涌向明天

影子

太阳在眼底闪烁
我看见，自己的影子
在一点一点移动
接受踩踏，碾压

光芒慢慢倾斜
影子越来越瘦长
我不敢迈步
怕踩痛自己

红尘中，我把冷风藏进口袋
躲避车流，人潮
经常在拥挤中趔趄，叹息
沉默，无语

但我，总会
带着自己的影子
不离不弃

风雨中

裹紧衬衣
裹紧风雨
在预报和谎言中
我不知何去何从

南方特有的风景
声音在空气中
惶恐

行人在奔跑
树木在奔跑
一串串雨滴
敲打着陈旧的街道

这时候，我看见
一树栀子尽情摇摆
那一枚枚花朵，颤抖着
虔诚地表白

朝着花香走去

站在峰顶，俯瞰
一束束光，穿越
森林的宁静

头上，云朵们
正在裂开
我把千言万语，托付春风
捎给你

春天来临
向着温暖，和幸福
靠近

风起时
我们无须惊慌
顺岁月的一抹暖意
朝花香走去

观荷

雨，终于停下来
池塘布满了蛙鸣，荷香
一朵朵莲花
在风中绽放

我喜欢，那荷叶
撑起的宁静
挤在时光的角落
捧着雨珠儿，晶莹

一只蜻蜓飞过来
点缀着淡雅的香风
伊人，那粉红的心事
明亮地闪烁在眼中

荡漾

夕阳穿透，把一抹霞光
涂抹在湖面上
远处的轮船在鸣笛
落日，铺满河床

几只小鸟在风中飞舞
那瘦弱的影子
裹着波涛
令人惊慌

我站在湖畔柳叶之上
强劲的风刮过
金色的浪花
荡漾在人间

梦的芳香

我知道，春天已经抵达
即使，我不忍心
看到大片的冰雪融化

睡梦中，我听到第一声惊雷
击破长空
也听到，一粒粒饱满的种子
拥挤着寻找水声

原野荒芜，寂静
喜鹊在更高处搭起新巢
小马驹扬起泥土
越过田埂

阳光明亮
人间宽广
到处弥漫着梦想的芬芳

家乡的竹林

阳光和煦
那片沉默的竹海
在春风中澎湃

那是多么壮观的场景啊
不惧风霜，一尘不染
株株挺拔，根根豪迈

离家久远，而
家乡的竹子
越来越多，越来越密
像浓浓的乡愁
植根于灵魂深处

独坐异乡
我经常想起
故乡的炊烟和竹林
一杯杯清茶
弥漫着思念的芳香

雨打芭蕉

雨声淅沥
敲打着硕大的芭蕉，和
整个村庄的静谧

光阴暗淡
密布着晶莹的雨帘
反弹琵琶的人已经老去
奋力撑篙的人
扯起风帆

长路泥泞
相思深重
在这苍茫的世界上
只剩下大片的雨声

我们可以笑得很甜

风，总是在变幻
摇曳，腾挪，闪转
或者，铺垫
推送诗意，营造
美感

生长在大地上的
植物，动物，和人群
在风的一次次吹拂中
经历愉悦，忧伤，和
蜕变

你我皆凡人
欣然接受幸福，和苦难
在风中，在雨中
我们可以
笑得很甜

春天的颜色

早上八点
阳光沿着音乐的曲线
跳跃，频闪
青草坪上
打太极拳的女人
面如桃花
挥洒着梦幻般的芳华

这时候，我会想起
餐桌上的早点
母亲忙碌的样子，和
装满阳光的房间
带来的幸福、温暖

城市的楼群在继续拔高
放绿的嫩芽，自带光芒
在岁月的枝头，闪烁着
春天的颜色

落脚点

在梦中
我常常跋涉荒凉
原野空旷，湿漉
月光寒凉

春天的鸟群
已打开歌喉和翅膀
它们在天空
为万物指点迷津
分配雨水，花絮

征途漫漫，我
抹去额头上的汗珠
举起铁锤，在落脚点
支起帐篷
任一帘春雨
刷新人间的静谧

深夜

这个时间点，我
习惯了，在夜色中
徜徉
和一颗心对话

城市没有了熙攘
一枚干净的月光
照亮夜的空旷
草木摇曳，加深了
广袤的宁静

远方，远方
一颗飞逝的流星
划破
人间的苍茫

活着

荒原深处，那棵树
已开始枯萎
以雕塑的形式
维护着自己的尊严

我取下一片叶子，聆听
一层层春波和秋色
在耳边荡漾

雪花儿飞扬，而
春天已在路上
我，瞬间清醒

活着，就是一种福利
在有趣，无趣中
寻找自己的灵魂

此刻，我看见自己的影子
在一场小雪中起舞

远方，正传来

早春的雷鸣

三月

从梦中醒来
窗外寂静
花香，沁人心脾

我知道，那是晨曦里的大树
正在散布喜悦，和
春的讯息

街巷还没有喧嚣
车辆稀少
赶路的人吹起口哨

鸟语花香
扑面而来的三月
正在为种子和新苗
布施光芒

一盏茶

在一壶馨香中独坐
看一枚枚茶叶
在沸水中舒展，飘逸
恢复神采，活力，灵气

往事沉浮，不断泛起
涟漪，苦涩
一只蝴蝶
携几点桃花，点亮
无边的春色

我经常想起童年
手举灯火，跟着父母
在乡间赶路，奔波

后来，我居有定所
终于可以在茶香中停泊，静默
在微笑中品味生活

窗外的月光

一再被树木，窗帘遮挡

人家的烟火

兀自明灭，辉煌

在鸟鸣中临摹春色

夜色蔓延，孤独的人
把自己埋进黑暗

人间安静
我把自己晒在夜空，阅读
一盏盏星光

风，继续吹拂
我捡起一片绿叶
数着春天里的灯火

黎明到来
河水荡漾，草木蓬勃
我在鸟鸣中临摹着春色

青苔

一团绿幽的苔藓，如云
在溪水下，清静而孤独
一片连着一片，飘散

溪水落满了
风，阳光，雨滴
在奔跑的路上拥挤
不断揉碎的春秋，在石缝间
泛起微微涟漪

嗬，即使沉默
即使在深潭下汇集
也要用柔情，为浑水
平添清新的绿意

风停后
一缕缕苔藓
继续随波逐流，跟随
江水东去

倾听远方的风声

喧嚣退潮
夜晚，陷入了别样的幽静
一盏盏灯光，在
风中晃动

眼梢的鱼尾纹
嘴角的法令纹
映照出深度，使她更接近
《简·爱》中的女子
孤僻而雍容
而眼眶中噙着的泪珠儿
越发饱满，晶莹

行人匆匆
相遇的，或者
分别的
都是彼此的风景

此刻，她突然望见
一颗流星，划破天空

黑夜，归于安宁
她行走在空旷的长街上
微笑着，倾听
远方的风声

聆听

一场暴雨
激活了大地的诗意
树梢站满了鸟鸣

树叶在微风中荡漾
我喜欢听
那茎秆
抖动雨珠儿的晶莹，和
击破天空的宁静

人间繁华，总想
在快节奏的生活里
摆脱世间的一些拥挤
在静美的时光里
独自摇曳，侧耳聆听

小蜜蜂

寒风越来越猛
花丛里的小蜜蜂
依然沉迷于自己的
情怀，美梦

雨滴洒下来
它们躲进屋子
却找不到花朵和风情

于是
它们失望，离开
在慌乱中撞击着玻璃虚构的色彩

其实，我也持有焦虑，慌乱
面对褪色的梦想
忍不住失落，彷徨

此刻，我能做的
就是打开窗户
给蜜蜂
放一条生路

走进雨里

走进雨里，我听见三月的春
从岁月的河流溢出
风撩起雨滴，散落一地

伞下寒冷的指尖，追赶着光阴
一点点穿透清脆的风
在风口浪尖绽放

走进雨里
一丝凉气从身边滑过
花的声音颤抖着，挂在树上
把自己的泪藏在苞里
吐出一片春色

人间诗意

绿色朦胧
朵朵彩云，缥缈
人群流动，风情万种

早起的女人，拂去睡意
云朵，开始着色
杨柳摇曳

时光涂抹着田野
我眺望的远方
有不断开放的花朵

布满嫩绿的梯田里
几头牛在吃草
它们相互簇拥着

城市与你
如同杨柳与河
各自静美，蹉跎

春光漫卷着整条河流
它拒绝了冬的挽留
绽放纯粹的蓝

喜鹊，贴近波澜
开往远方的船
正在扯起风帆

接受

一只蝴蝶
携几点桃花，点亮
无边的春色

田野空旷
浩瀚的油菜田
摇曳金色的阳光

那是我熟悉的土地
我睁大双眼
寻找童年的歌谣
遗失的伙伴

春意暖暖
抚慰着我内心的波澜
岁月无声
一棵老桃树，倔强地
留守着梦中的家园
在风里，接受表白
也接受野火

幸福

阳光下
蜗牛依然在爬行
它坚硬的外壳里
藏着柔软的心，和
逸动的风景

风声尖锐，夹杂着
零星的冷雨
那不断加深的秋色
浸染着遥远的回忆

如今，我们已开始变老
开始平静，但总是热切
怀念家中的那碗热面，和
那盏明灯

春天不懂忧伤

春天的雨
顺着半开的窗户
在玻璃上漫游

树枝上的鸟儿一动不动
瞅着被风吹起的窗帘
空蒙挤满心的空隙
那一朵破裂的小花
呼吸着丝丝寒意

不开灯的房间有点暗
追梦的脚步匆匆
在幽暗的房间忙乱
雨滴落在阳台，颤抖着
一点点溶入水的潮气

停了的雨，透着鸟鸣的静谧
春从窗口爬进，带着香
寻觅往昔的情愫，从不忧伤

那片海

霞光中那片海
连接着蓝天，和
梦幻

一朵朵浪花，迎合着
心跳的节拍
我闭上眼睛，用微笑
接受吹拂，喧嚣

其实，我更喜欢
放任我心中的那片海
尽情翻涌，澎湃

花开有声

风起的凌晨
那朵花，悬在半空

风吹来，是温软的香
楼里面的灯亮着
积攒的希望里
把一个个梦想制造

雨的肆意将一抹寒冷
洒在脸上
灯的光芒
誓死抗争着，听风不动

哽咽，在喉咙里
寒风冷雨下摇动的花朵
历经一场灵魂的磨砺
正忙碌而默默传递着芬芳
以无声，代替呐喊

我蜷缩在时光的角落里

从风门的缝里望去

一层层灰暗正在渐渐消失

你让晨曦，已开启一片光亮

倾听花开的声音

我深信

这个多变的世界里

即将春意盎然

温暖

炊烟起了，母亲的目光
撒满家门口的小路
用眼睛记录
儿女们回家的脚步

娘双手握紧黄昏
清脆的风穿过村口
闪亮的心愿
在光阴的流逝里生长

窗外的小路通往田间
灯光下的孩子
吃着母亲做的晚餐
清新的幸福味道，一点点
在舌尖上弥漫

多少年之后
我依旧眺望老屋的炊烟
希望远远看见，母亲
站在门口守望的

眼神，和

她那掉光牙齿的嘴巴

咀嚼的温暖

蒲公英放飞夏天

风儿轻轻
勾勒着初夏的光影

蒲公英是飞翔的一部分
她晶莹的心事，花语
撒播在旅途

一场细雨
湿润了芳菲的思绪
她撒下的种子，已在
绝处逢生

斟满月色

长风吹过
月下朦胧的美
荡漾着
神秘的色彩

夜风习习
我们正在异乡
沿着灯光跋涉
微笑，驻足

清冷的月光下
我们轻诉流年
斟满月色
笑谈，蹉跎

感动

天凉的时候
喜鹊飞过来，撒下
金色的叫声
我喜欢带着这些喜气
走进风中

站在大地之上
静静地聆听风声
看万物摇曳
红尘躁动
任回忆泛起的波澜
加深内心的感动

是的，我喜欢朝着
有光的远方行走
微笑驻足
在一幅幅清澈的画里
突破生命的局限
放飞轻盈的歌声

谛听鸟鸣

绿意汹涌
站在六月的芦苇中
我不动声色，静静地
谛听着清脆的鸟鸣

枝叶繁茂
风声轻轻
那些在芦苇里跳跃的小鸟
修饰着大地的宁静

这里，没有波澜
没有树影
我在鸟鸣里获得欣喜
在不断行走中
成为自己的风景

四月的情怀

晨梦微凉
打开四月的视野
尽情吸吮着清雅的花香

一棵又一棵树
正在发出新芽儿
清脆的鸟鸣，在曦光中
点缀着古老的童话

街巷安静
不断提速的车流
拓宽了新生活的路径

音乐欢快
一位勤奋的园丁
挥舞着剪刀
裁剪着迷人的色彩

我们都在进入角色

在阳光下，打开翅膀

和四月一起飞翔

黎明前

黎明前，众神慈悲
万籁俱静，时光
轻轻漫过岁月的幻影

零星的犬吠
闪烁的霓虹
远山朦胧
我置身在异乡
感受着别样的祥和，安宁

我不知路在何方
但我知道，黎明到来之后
明媚的阳光
一定把远方照亮

弹琵琶的男孩

夕阳之下，大男孩
背靠大树
弹着一曲琵琶

他一边抚琴
一边吟唱
一枚枚快乐的音符
在晚风中飘逸，飞扬

绿叶沙沙声
如诗如画
世界之大啊
这个弹琵琶的男孩
演绎着美好年华

飞翔是每颗心的梦

大地宁静
一棵老树的新叶儿，在
练习飞翔

满坡的油菜花
比去年繁茂，绿波里摇曳
一片春色
在梦里流淌

风，不断从山外吹过来
迎接开始忙碌的农民
梯田里，新的秧苗正在茁壮
一只只鸟儿，展开翅膀
描绘出山野的空旷

我喜欢，带上这些场景
站在这陌生的僻壤
欣赏这些顽强的生命
释放的光芒

我也会想起

站在树下的父亲

他捕捉远处的炊烟

用那欣喜的眼神

默默地眺望

第一辑 温暖篇

烈日下

天空没有云朵
就像鸟儿没有翅膀
炽热而沉闷

我在空调的吹拂下，享受着
冰镇的西瓜，和
爽口的酸梅汤

窗外，车流量不减
很多人在叫卖，奔忙

我想起广袤的田野上
勤劳的父亲，母亲
戴着草帽，在烈日下
除草，施肥
向土地讨要生活

点着灵魂的灯火

某一瞬间
与陌生人擦肩而过
突然心头一热
从忽明忽暗的光影里
如失散的亲人
意外相逢

这些年，我不断追梦
不断在风雨中跋涉，翱翔
像收聚的翅膀
被一条轨道限定

只有在夜深人静的时候
我才会拥抱自己
听内心的声音
在思念中为自己疗伤
为生活捧起灯火

雨的旋律

晨曦初现
突然而至的雨声
淋湿了枝头的鸟鸣

枝叶葱绿，花香弥漫
雨滴奏响激情
一位小男孩欢呼着
跑进童年

我常常想起
你远去的背影
如一枚落叶
在雨中飘零

这个喧嚣的世界
雨声淅沥
我在雨的旋律中
半睡半醒

栀子花开

风，吹开一朵朵栀子花
那洁白、雅致的花香
沉淀着一生的守候与坚持
温馨着夏季的到来

天边的夕阳
铺展着触手可及的霞光
那苍茫的山峦
奔涌的河流
协奏着人间的辉煌

我亲吻着花朵
在一曲长笛中
忆青葱年岁的一抹栀子
在转角处幽久、芬芳

这座桥

夏夜微醉
光怪的欲望都市
闪烁着多彩的霓虹
桥面上没有车水马龙
几抹绿色的青苔沾满尘埃

卖冰棍的老人
正在用方言吆喝，止渴
逃避酷热的人走出家门
寻找风声，蝉鸣

闪电划过之后
珍珠般的雨滴终于落下来
噼里啪啦，为这座陈旧的桥梁
添彩

七秒记忆

站在窗前
看夏日的阳光，继续
烧烤，吞噬肆虐的魔影

夏风纵横
一粒粒鸟鸣
溅落在漫漫长空

此刻，我渴望成为一条鱼
只要七秒的记忆
牢记幸福，和
欣喜

这样，我就
没有多余的空间，来记载
忧伤，和无奈

让幸福的光芒
照拂人间

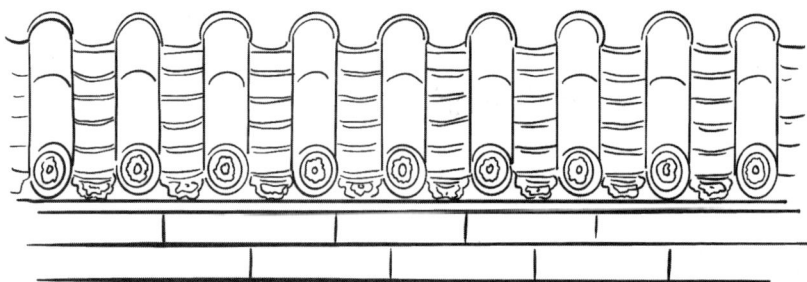

第二辑

等 待 篇

　　人生，是一场跌宕起伏的情景剧，走过青石小巷，是辽阔，是一场生命的绽放。

　　浅浅岁月，淡淡清欢，那一段青葱岁月，那些生命可贵的美感，以及生活底层的痛点，无不是点着灵魂的灯火，均在等待中笃定前行……

等风

夕阳西下
一棵棵杨柳
静静地，等风

暮色中，那个走过
冬天的女人
走在乡间小路上，正成为
别人的风景

此刻，她的眼中
已蓄满了沧桑
一串串多情的泪珠儿，悄然
滴落在款款而来的
风中

小巷

初冬，微风寒凉
一枚晶莹的露珠
润色着长夜的空旷

小巷有零星的
花香，鸟鸣
轻轻地，诉说着
巷子的安宁

几片黄色的落叶
滴落一串串水珠
汇聚了季节的清冷

此刻，我
走进熟悉的小巷
环卫工人正清扫
潦草晨光

金黄色的乡愁

风起时，我在
丹桂飘香的旋律中漫步
在落花处留白

秋色深处
我看见一些
头顶着花瓣儿的人
停靠在异乡的渡口
静静等候

远方的山峦，风霜
炊烟，波浪
在风声中起伏，荡漾
含香的金色乡愁
正缓缓地铺向远方

等待

街巷沉寂
被吹动的夜色
颠簸着遥远的星光，和
馨香的花语

凝视这繁华的世界
聆听委婉的神曲
那瞬间袭来的虚无，落寞
让我恍惚，无语

长亭之外，我知道
洁白的栀子花正在盛开
一个多情的女人
还在痴痴地等待

人间苍茫，我尝试着
在一片森林中悬挂月光
四野寂静，空旷
只有一阵阵微风
抚摸着我的脸庞

那一粒灯火

世界开始摇动
风推着河流，落叶，和
弯曲的倒影
在阳光下移动

一盏绿茶
舒展着早春的宁静
一杯红酒
晃动着熟悉的歌声

秋水寒凉，长路苍茫
只有心中那一粒灯火，依然
在行程路上
照亮远方

我的情深你若懂

夜色缓缓，涂抹
一座城市的喧嚣和孤寂
一盏盏灯光，让
褪色的典故
以及传说，复活

在一幕幕温婉的黑夜
还是会记起你，和
一些温暖的诗句

风那么紧
香樟的叶子
在颤抖的目光中
摇曳，破碎
搁浅洁白的思绪

你若懂，所有的情深
和伤痛
就不会欲言又止，或者
言不由衷

日子没有什么不同
我只想，在疲惫的时候
靠在你肩头，而不愿
在往事的回忆里
跌碎成光影

幸福，或者伤痛
总在夜的深处上浮
我，无奈地
把一颗颗星星，用力
钉在空中

山那边

山那边
母亲植下的大片竹园
正在风中
撒下落叶

我一步一步走近，这
摇曳的竹林
在大地的缝隙中，寻找
刚刚冒出来的竹笋

雪，从远方飘过来，而这些
竹子炸裂的声音
惊心动魄
如同母亲的呼唤
令人振奋

越来越近
越来越亲

一个值得期待的池塘

大地在一场雨中醒来
一个值得期待的池塘

荷叶覆盖水面
静静铺展
在浅浅的时光里

一朵朵莲
从水中升起
轻撩起季节的衣襟

不大的泥潭
几只青蛙咕噜咕噜
静坐池边

丰盈的心事
长成一颗晶莹的露珠
出淤泥而不染

花开的时候在等你

恍惚之间
门前的木棉花悄然绽开
打开雅致的色彩

落叶和枯草
没有遇到野火
跋涉的人背起行囊
大道康庄

急不可耐的种子，嫩芽儿
竞相长出根须，新叶
争夺雨水，阳光

河流涌起浪花
鱼虾游戏浅底
在一片金色的沉默里
伊人叹息

春风习习
荡漾着明媚的诗意

其实，没有人知道

在这花开的时光

有人，一直在静静地

等你

第二辑　等待篇

苦夏

小黑狗
趴坐在树荫下
吐着舌头
叹息着苦夏

阳光下
所有的花朵
似乎都在燃烧
弱风中的鸟鸣，是
纤细的，柔然的

远方，有雷鸣，雨声
而我，也和
这只 小黑狗
正在蝉鸣中
搬运阴影

风景

红杏出墙
引领着一片风光
摘杏的人踮起脚尖
或爬上树枝
把笑声传到远方

丛林喧哗，汗水流淌
我们品尝着红杏
也感叹着人间的沧桑

时光充满弹性
纠缠着儿女情长
咀嚼着酸甜的日子
吟咏岁月吉祥

垂钓

池塘边
我们撑起伞
拿出钓具
在蛙鸣中抛下诱饵

然后，跟鱼儿对峙
把禁不住诱惑的鱼
钓出水面

风和日丽
芳草萋萋
我们坐在静美的时光中
不言不语
垂钓涟漪

七月

放眼望去，流星似火
七月，在一夜间
穿梭于城乡和田园
刚盛开的莲花
静静开一片清亮

天空下的五星红旗
镰刀，锄头
一切都在闪着亮片
点燃星火，澎湃激情
带你走向美好

秋意

一棵老枫树
被虫子和风，不断
掏空
陷入了更深的孤独

每次站在窗前
我都会情不自禁地，介入
这棵老树的无助，和
孤单

秋天来临
大地萧瑟，苍茫
我走出忧郁
微笑着，和
这一树红叶一起
摇曳着风霜

那
一
粒
灯
火

082

月光下

我喜欢，在这个
秋高气爽的夜晚
自由徜徉

一枚干净的月光
挂在天空
照亮城市寂静
也照亮了我牵挂的远方

月光如水，风吹草动
蟋蟀的叫声
加深了夜的宁静

时光匆匆，忽然
两颗小星星
跌入草丛

思念香浓
你是否还记得
十五的约定

等月亮

夜幕垂落
你站在灯光下
守候月亮

其实，你知道
楼上的窗户后面
有一双注视的眼睛
而你，却不肯抬头

所有的灯光都亮着
秋风吹拂
你的脸庞
一次次吹出
长街的空旷

终于，你走出寂寞
几朵白云，飘浮在
月亮之上

女儿远嫁

天色微蒙
红喜字增添了老屋的喜庆
母亲坐在那儿发呆
窗外，鸟儿在鸣叫

女儿要出嫁了
烛火摇曳
迎亲的唢呐
一声声划破长空

阳光照进屋子
在母亲的视线里
女儿缓缓，起身
渐渐走出梦境

当人们一个个远去
只有母亲含着泪水
默默地站在风中

醉在他乡

夜色飘落
你在路灯下游荡
孤独芳香

鳞次栉比的楼群里
一盏盏灯光
溢出窗口

树影摇晃
你携带着酒气，和
梦想
在人流散尽的街头
彷徨

醉与醒之间
有故事里的欣喜，和
忘我
你脚下一滑
倒在泥泞的路上

此刻，你在醉梦里

回到故乡

一阵阵清风，吹过你

布满皱纹的脸

第二辑　等待篇

赶路

天亮之前
我们已徒步二十华里
只为赶上 ，那场
农家人的大集

脚下，那条熟悉的路
凹陷在浓稠的雾色里
我怯生生地，紧随母亲身后
亦步亦趋，恐惧弥漫着

模糊的光线
细雨一滴一滴摇曳
从眼角滑下
不敢回望的小径
任雨水淋湿

见我越走越慢
母亲停下来
抖了抖身上的夜色，雨水
扒掉肩上细碎的叶片说

我背你吧

山路蜿蜒，漫长
黑夜包围着我们
我趴在母亲柔韧的背上
静静等待
第一缕曙光

母亲吃力地走着
呵护雕刻在她的背上
一点一点地　长成了根

突然觉得
母爱深沉，不动声响
在行走的路上
闪闪发光

眺望

秋色，越来越浓
而那扑鼻的桂子香气
依然迷人

凝露高悬
裹住阳光，和
兀立的影子
鸟鸣零落
打乱了寒冷的风声

故乡遥远
我站在暮色里眺望
寻找梦中的亲人
一盏盏灯光
温暖着孤独的灵魂

枕一缕月光

喧嚣的城市，终于平静下来
可更大的潮汐
还在心中涌动

窗外，黑色的雾霭
吞没了整个世界
于是光
有了更大的硬度

习惯了冷漠
习惯了呵护自己的孤独
你来，或者走
像是一场彩排的皮影戏

失眠，是一种疼痛
枕一缕月光
连成一行凄美的文字
曲谱，入梦

港口

请伸过来吧，朋友
握紧咱们的手
让所有风浪
在湖面停泊，因为
这是天下最大的
港口

别松开你的手
否则，春天会残缺不全
微笑也会从指缝里漏走
敞开心灵的窗户
面朝大海，携手
追寻生命的绿洲

珍藏

我们再度相遇
像两片叶子
拥抱一枚雨滴

街灯下
彼此凝望两鬓霜花
挂满朦胧的爱
在此刻留白

那些掠过的时光
夹杂蓝色尘埃
无声的沉默蔓延

一枚饱满的果实
摇曳着梦的节拍
感谢生活，让我们用微笑
贴切人生的精彩

岁月青葱

露珠在晨光中抖动
你踏着岁月的青葱
款款入梦

我在季节的渡口
等了又一个轮回
只为那不经意的回眸，和
被蜜蜂的小翅膀扇起
思念的香风

小巷寂静
谁在青石路上
刻下青春的誓言

一片被遗落的黄叶
开始飞舞，盘旋
优雅地画出
一个圆

流年

秋风吹过
植物们，都在结籽
成熟的味道
在尽情地弥漫

长夜，浅眠
我睁大眼睛
闪烁一点点光
谛听着，窗外虫鸣
吟咏梦幻

于是，我起身
坐在镜子里
静静地，欣赏
自己的皱纹，刻录
流年，和
突然冒出来的一撮白发
垂落，惊叹

等你指尖划过夜空

今夜，烟波升腾
月光皎洁
相思的人，在小舟上
托腮，发呆

轻风吹动香樟的影子
一起抖动的，还有
柳丝，清荷

我独坐岸边
蘸满轻盈的湖水
在裁剪的光影上
书写内心的悸动

天空那么干净
你知道，我在等待
等待你的指尖划过夜空
用醉美的情话
回复我浓浓的深情

哲理

今天，母亲要去邻家还米
她，微笑着
仿佛在替每一粒米
表达谢意

母亲用手，不断
往米筒里添米
直到满得不能再满

母亲说
邻居借你一小筒
我们给一大筒，不亏

我，努力点头
一辈子也不敢忘记
母亲教给我的
哲理

沉默是一场独白

黑夜来临，而秋雨持续
我在房间里踱步，沉默
被纷乱的思绪
缠绕得近乎窒息

岁月在更迭
我珍藏的日记里
撒满了雨声，和
落叶

老人静坐在长夜里
不肯说话
任凭这冷冷的雨水
润色着漫长的孤寂

远方，无雨
一只乌鸦用微弱的光
轻轻地掠过　长满野草的
墓地

思念在风雨中盛开

在雨中，听风
心尖搏动
岁月变幻枯荣

站在大地之上
我静静谛听着风声，雨声
看万物在摇曳
红尘躁动
任回忆泛起的忧伤
浸染内心的疼痛

我经常想起
那熟悉的午后
风挤过门缝的声音
多么像母亲，劳作时的
喘气
那么刺耳
那么吃力

倾听风声

秋夜凉爽
涂抹着皎洁的月光
微风轻拂
推送着蟋蟀的轻吟浅唱

树叶轻轻摇曳
触碰着我的痛感神经
在镜子里，和自己对视
在不断加深的皱纹里
倾听风声

当我走上街头
在黄昏里静静地伫立
所有的爱恨，都已
消失在车水马龙

失眠

他分明听见了
风雨的喧嚣
从黑暗里渗出
隔壁每一声咳
房子便震颤一下

这睡眠的困难户
对夜色保持着沉默
几乎忘记了
那黑色的雨
下过了就不会再下

喘气在耳边呼啸
他把目光投向窗外
隐约可见
那枯瘦的树枝
摇曳着月光

绘秋

立秋之后
大地一片宁静
每一棵草木都在结籽
枫叶开始变红
安静地涂抹着岁月的庄重

天是灰的，草是黄的
仰望的玉米披着金黄外衣
冷意在上升
迁徙的候鸟衔秋色
飞过村庄，蓝天，江河

箫声寒凉
长路漫漫，空旷
落叶在风中飞舞
红石榴挂满枝头
激情澎湃

远望秋雁南飞的足迹
绘一笔落日夕阳

与黄昏对接

游子继续跋涉

赶往远方

苦咖啡

把磨好的苦咖啡
交给时间
交给沸水

不必加糖
努力保留生活的底色，和
原始的香气

让杯子的温度降下来
然后小口品尝
唇齿留香

相遇

不早不晚
恰好相遇

沿着春光跋涉而来
忽略雨雪风霜
我们高举洁白的棉花糖
品尝着思念，和
甜蜜的忧伤

五百年前的承诺
在一张古老的宣纸上泛黄
一个孜孜夜读的男孩
曾经在凿壁偷光

多少年后
痴情的女子还在眺望
那个赶考的书生
已高中皇榜

今天，我们相向而来

掩藏着窃喜，惊慌

我羞涩地送你一捧花香

你爽快地，送我

一盆月光

安静地走一走

一座桥，连接两岸的虹霓
几粒蝉鸣点缀着夜的静谧

月光轻柔
清洗着人间的暑气

此刻，我只想在外边走走
接受吹拂
倾听花语

生活的暗疾无处不在
野草的枝蔓肆意伸展
只有风，轻轻地梳理着
远方的荆棘

在不可抗拒的人间
也许，只有沉默
才可以保持体力
只有微笑
才可以获得福气

听风从门缝吹过

心，清澈见底
却又深不可测

静静地
等着你的足印
叩击长路的平静

默默地
期盼你的跳跃
划破人间的清冷

你，我
却忘了约定
误了两心的相许

听风从门缝吹过
世界更加宁静
大地上只有缤纷的落叶，和
晶莹的雨声

使命

天色微蒙
落叶继续漫卷，飘零
晨曦中
那一抹微红
是初冬的宁静

站在岁月深处
我常常陷入沉默
在怀念中想起故乡，亲人
抚摸着疤痕泛起的伤痛

阳光升腾
抵御人间的寒冷
而那些承担使命的人，依然
勇毅逆风前行

痛点

当痛点达到峰值
头顶的灯光
倾泻着锋芒

此刻，我像一个被不断
盘剥的人
惶恐地捧出
金钱，健康和时光

冷风吹过来
我抖了一下身上的痛苦和尘埃
让一滴滴泪珠儿
温润着我的忧伤和悲哀

挣扎

雷声轰鸣
雨势汹汹

那些在苦夏中挣扎的绿植
终于振奋，狂舞
贪婪地吸吮着水分
馨香如故

我撑伞，走进雨中
不声不响
静静地谛听着雨声
敲打着大地的宁静

我还清楚听见
禾苗拔节的脆响

清明念想

多么期待，您
再次走进我的梦中

一些失去姓名的墓碑和
那些焐不热的石头
深味着人间的寒冷

点一盏心灯
无须诉说，怀念
任风中弥漫的香气
抚慰着荒凉

岁月漫长
泪水兀自流淌
大地苍茫
料峭的春风
肆意地吹向远方

绘一幅画

从南方到北方
我身体的负荷开始减轻
此刻，夜幕垂下来
月光如水
为我们洗去风尘

这里，有招展的旗帜
斑斓的灯火，寂静的旷野，和
古老的传说

仰望天空
岁月的利刃收割着苍茫
古河道遗址密布
出河店战迹斑驳
那些被打磨的时光
暗淡，或者辉煌

醉美的贵妃浴场
浪花翻涌
惊起一些鸟儿

它们轻轻地蹚过河水
映照自己

古榆树心花怒放
只为盛开，温暖人间

那一湖一湖的幽静
一株一株的荷花
让风有了香的味道
一丛一丛新绿
一抹一抹的云霞
只为奔赴
为大地涂上新的色彩

理发

无意间
茂盛的头发，已遮盖了
我的脸颊

生活忙碌
纷乱的思绪缠绕着苦乐年华
我献出善良和执着
等待美好的结果

关于热爱，辉煌
关于思念，忧伤
日子和生命寄寓在这喜忧间
都是人生的一部分

未来依然漫长
我需要剪掉长发
更换新的衣裳
让自己健步如飞
神采飞扬

在车站，等一艘船

呼吸轻微
在忽明忽暗的幻觉中
等你

依偎在拥挤的站台
脚下，是
一望无垠的阳光
热烈，辉煌

骤雨突至
我们措手不及，但不管风
往哪一个方向吹
彼此都不肯放弃

就这样
听雨声，雷声
破碎着温暖的回忆

此刻，在暴雨如注的车站
我在等一艘船

载着我，脱离苦难

然后，驶入

平静的港湾

117

风，很美

风，很美
吹拂，温软，律动
摇曳着，旋转着

那一缕缕秋风
把枫叶抛向空中
也把璀璨，抛向空中
传递人间的喜悦，和温情

冬天，即将到来
每一片飞舞的落叶
都在尝试着，涅槃

初冬的色彩

午后的阳光
泼洒在门前的大坪上

不甘寂寞的人
携带着笑声
走进初冬

镜头打开，色彩打开
一片金黄
是冬的娇宠，秋的馈赠

定格阳光下
人间的仙境

吉祥

一朵花
开在梦中
一段情
温暖寂寞的旅程

我脚踏春风
在跋涉中舒展笑容
接受磨砺
在霜雪中感叹人生

人间熙攘
街道上灯光
闪烁出长夜的璀璨

惠风和畅
一只喜鹊
停在树丫上
唱出吉祥

爱在时光深处

欢快的鸟鸣
将阳光带进窗台
杨柳的倒影
草木青青

打开窗户
一树杨梅已经成熟
不停坠落的果子
惊艳疲惫的眼神

雷声，闪电，瓢泼的雨
奔腾的江河
拓展着古老的流域

每一个被洗礼的生物
灵魂出窍
每一个被击打的音符
焕发出新的生机

站在雨中

我期盼彩虹

一个被反复呼唤的名字

在心中，隐隐作痛

终于有雨滴落下来

雷声响起
大地躁动
草木欢愉

我们在酷暑里接受煎熬
在古诗里寻找凉意
还有那么多头顶烈日的人
挥汗打理着生活

终于有雨滴落下来
溅起尘埃
我们仰天欢笑
疯狂地在雨中奔跑

慢生活

走出城区
漫步荒野
看潺潺的流水浇灌田园
一只只飞鸟跃上云端

郊外的阳光火辣
适合曝晒、补钙
曼妙的荷香
明媚着古老的色彩

这是我向往的生活
远离喧嚣，遗忘烦恼
在月光下把盏
慢悠悠地品味着粗茶淡饭

时光且慢

树叶掠过车窗
凉风吹拂，花絮飞扬
远处的羊群，在草地上咀嚼着
青葱的时光

矗立的风车
划开雨幕
莲花在池塘绽放
那些沉入水底的影子
静谧，安详

一湾湖水染绿了半边天
行走的世界道路宽广
时光且慢，在自己的节奏里
书写诗意的芬芳

镜子

镜子中
我看见真实的自己
消瘦，苍白
已不见青春的风采

每一天
我都在为生活奔走
忍受拥挤、风雨

疲惫的时候
你不言，我不语
任光阴慢慢地漂白发际

面对镜子
我真想大喊
亲爱的自己
外面的阳光多温暖，灿烂

等雪落下来

清晨的第一颗露珠
在树枝上挂着
润色着
枝头上的花朵

远方幽静
树梢上挂满了鸟鸣
河水，还在流淌
枯萎的叶子，纷纷落下

平静的湖面上
风，在吹拂
似乎在为一场雪设计剧情
波澜不惊

等待下一个天亮

夜的到来
牵引着黑
走向莫测的风

瞬间的虚无与落寞
朦胧中
穿过夜的心脏
拍下一只眼睛
以无声对话世界

摇动的莲花
明媚了季节的优雅
洁白的栀子花
是滴着的液体
传播着芬芳
夏夜，在手心里……

像升起的月亮
游进你的身体
风扑来

错失了那岁月
未能走进，你的心

我试着
找寻一片森林
沉浸在蓝色的深邃里
等待下一个天亮

129

第三辑

追寻篇

生命会消亡，但光会一直存在，或近或远，让记忆在山口伫立。

万物柔和，草木摇曳，倾听内心的声音。追寻一粒灯火，把风留住，载回一盏盏灯光，照亮远方。

回首来处的花已开，我们终究释怀，笑醒诗意灵魂……

剧情

大雪后，寒风撕扯着
灰蒙的天空
灯光闪烁
温补着人间的宁静

烤红薯的人
又一次给炉火加炭
送外卖的小哥
再一次裹紧了风声

路边的月月桂香
激活着慵懒的细胞
树枝上的鸟窝里
鸟妈妈正给小鸟喂食

我们依然在赶路
在自己的故事中
迎着车流，风雪，灯光
丰富着剧情

蹲在田埂上的父亲

幸福那么简单
蹲在田埂上的父亲
一边擦汗，一边抽烟

庄稼蓬勃
在阳光下抽穗，灌浆
父亲眯起眼睛
轻轻哼起古老的唱腔

这是他的领地
从春天，到秋天
父亲起早贪黑
倔强地守护着自己的
精神家园

晨曦里的长椅

走出梦境，路上已是
车水马龙

晨曦里的长椅
再不见母亲的身影
和她温暖的笑容
而那个孤独的位置
依然整洁，宁静

多少年，母亲用慈祥的目光
抵御着人间的寒冷
也照亮了儿女们的前程

曲径通幽，菊香满径
我好想
搀起坐在梦中的母亲
一同回家

此刻，当我抬起头来
枫叶正红，一缕缕秋风
吹湿了我的眼睛

渔夫

天缓慢地黑下来
一盏盏渔火
照亮港湾

渔夫把桨停下来
在风口浪尖上靠岸

船舱里的鱼还在跳跃
波涛继续翻卷
他紧了紧腰带
走进夜色深处

迈进家门
终于，他把老寒腿搁浅

他开始忘记
风暴，危险
灯光下，他的皱纹更深
他的目光更暖

又是一年端午时

又是一年端午时
花香迷乱
一条条河流
再次泛起波澜

艾草微醺
粽子飘香
生活的各种滋味
被文人墨客一次次吟唱

浅浅的时光里
心怀慈悲的人都在路上
古老的节日，我们举杯
为一个伟大的诗人
献上美酒，温暖心房

半山听鸟

阳光开始倾斜
半山的鸟鸣滑落下来
花朵开始凋谢

爬山的老人
在树荫下喘气
光影在流动

他伸展双臂呼喊
只有闪亮的飞鸟
刺出，疼痛

这一片涛声

夏夜，波澜不惊
色彩斑斓的泳衣，移动着
江边的灯火，和
清凉的笑声

光影缠绵
风吹草动
那些不断堆积的浪花
淘洗着沙砾，暗礁，和
古老的歌声

一位老人走过来
手持话筒
提示着安全常识
这么多年，他
像一尊活佛，精心守护着
这一片涛声

在松花江岸畔

这是我喜欢的那种幽静
视野无风
轻盈的江水铺展着夜的风情
喧嚣止息
岸边的灯火辉映着楼宇的霓虹

远方，有一艘船开过来
拖拽着斑斓的光影
浪花是墨色的
线装书上，那个
吟咏爱情的书生
早已不知所踪

寂寞，是一种疼痛
有一位年轻人，弹着吉他
唱起一首老歌
没有人知道
我的眼泪，正在
月光下闪烁

清晨的遇见

晨光里
一股股清香入怀
惊艳着眼前的时光

樱花树下
油菜花次第盛开
浩瀚成海

大地上
所有的植物都在生长
吸纳雨水争夺阳光

油菜花与樱花相碰撞
它们拔节的声音
散发着童音的清香

感谢这个清晨的遇见
在每个生命不息的角落里
感受着令人振奋的
昂扬的力量

致同学

推开门窗
有风，从你的城市
吹来
缤纷的色彩

这些年
生活如故
你我都在忙碌

有时候，我们会
在平静的时光里回忆
挫折，风雨
花香，鸟语

远方，一片云
送来一些雨滴
我多想和你一起
跑进春天
追逐，嬉戏

绝处逢生

雨后，晚霞绯红
几朵山花，点缀着
丛林的幽静

窗外的风
穿越着城市的喧嚣
窗内，清茶泛香
梦中的艾草，水珠
在信笺里颤抖，生动

天色暗下来
你起身，点起灯火
照亮某种酸楚和疼痛
那些不断攀爬的绿藤
已在绝处逢生

白露

露从此时白
草木成熟的节奏明显加快

秋风浩荡
一次次掠过高山，平原
流水汤汤，不断推送
翡翠般的波澜

晨练的老者
抖出了清新的阳光，和
岁月的沧桑
脚下，是安静的大地
头顶，是辽阔的蓝天

一位凭栏远眺的人
望穿蓝天，长路
一丝雨悬在空中
滴落时光的虚无

冬日

花朵开始凋零
风里也多了几分寒意
一点点穿透枝头的花瓣

梅的声音在颤抖
低飞的小鸟
把自己藏在羽翼里
让寒冷浸泡不着痕迹

阳光下，伤感的人在减少
长风里，奔跑的人在增多
梦幻的色彩，熟悉的风声

闻斑驳阳光的味道
乡愁一阵阵加重

雨滴划过天际

一场雨，从树叶间
刻画出静的高度
湿漉漉的鸟鸣，再一次
把乡愁唤醒

雨幕下，父亲一手扶犁
一手挥着牛鞭
躬着背在田间
犁出一片风景

终于，这场雨
在秋日的午后停下来
闪电划过长空
留下一座彩虹

在我凝望的视野
雨滴划过天际
几滴泪珠，悬在半空
轻轻地，闪动

中秋

月满中秋
田野兴奋
欢愉的色彩，荡漾

收获的农民，打磨刀锋
候鸟迁徙，在路上
啜饮长河

远方山色含香
树叶渐黄
我，在山口眺望
一截光阴
用心，与世界对接

中秋之夜
相爱的人燃起篝火
他们微笑着对酌
目光轻诉流年
在岁月的符号里
痛饮这倾城月色

女人夜归

幽静的傍晚
风吹过迷离的灯光
悠闲地溢开

影子似一棵树静默
带出些许眼眶的泪
在这静得无法呼吸的夜里
剪一缕星光

路灯的光微弱
垂下几缕缥缈
走过一路的风景
偶尔细小的蛙声，蝉声
心如山泉般幽然

猛抬头
一颗流星划过
闪出眼里的晶莹
那一片宁静与安详
是自然的颜色

中年后

几滴雨水
润印着月光的神秘
几缕微风
抚慰着褪色的旌旗

中年后，灵魂里渐现空白
平淡地接受孤独，失望
和风雨
也不再用叹息
修饰回忆

曾经的起伏，崎岖
飘散的炊烟，虹霓
在谈笑间
已成为过去

窗外的花草摇曳
明亮的月光
映照着沉静的大地

深夜听雪

雪花穿过黑夜
纷纷洒下
嵌入城市的宁静

我站在大地之上
伸出手掌，接纳雪花赐予我的
静谧和吉祥

群山和树木也是安静的
鸟儿栖息在风中
在童话的章节里飞翔

我知道，此刻
在我的故乡
白雪正覆盖着梦想
清澈明亮

心事

春天的雨
在窗口的玻璃上
涂抹着墨色的晨曦

鸟鸣声声
划破林间的寂静
迷茫的心事
如杂草丛生

曾经忧伤
曾经的追梦
太多的风雨
击打着孤独的旅程

东方破晓
雨过天晴
瑰丽的朝霞
染红了辽阔的天空

光芒

天色暗下来
母亲划着火柴
点上灯盏
开始烧水，做饭

村庄安静
不时响起零星的蛙鸣
庄稼在夜色里生长
星光在天空中荡漾着

这时候，母亲会提着油灯
走出家门
深一脚，浅一脚
来迎接我们

在母亲的引领下
我们欢快地走着
那不断跳动的光芒
把我们的童年
照亮

喝酒

酒至半酣，开始
称兄道弟，掏心掏肺
把过命的交情，重新
筛一遍

熟悉的人间烟火
云朵，鸟鸣，杏花
都已斟进酒杯
狂欢，陶醉

在拥挤的喧哗中
酒里泡沫在挥发，消散
杯中的玉液
带着醇香
静静，缓流

守护

接近黄昏
女人默默地用一根火柴
划出光芒，燃起灶火

村里的炊烟就这样
一缕缕升起来
像男人们，用力
嘬出来的沉默，和孤寂

女人在灶火前煮饭，切菜
用厨具和火焰
尽力把生活的色彩
翻炒出来

她开始驼背
逐渐衰老，但依然
守护着那一粒灯火

有时，她会仰望星空
努力忘记忧伤，疼痛

夜风吹拂

轻轻地摇曳村庄的宁静

第三辑　追寻篇

褪色的围墙

墙外的戏台上
才子佳人，在
剧情里完成深情的表白
复活的英雄，依然
慷慨，豪迈

墙内，含苞的花朵
袅娜盛开
几只斑斓的蝴蝶
采撷着甜蜜的色彩

这堵墙，其实
存在了很久
像极了某些褪色的婚姻
遮挡着流年的忧伤，和怨艾

而那些留守寂寞的人
还在玫瑰色的梦里
默默地徘徊

十月

十月的风在吹拂
秋色饱满
在每一个枝头颤抖着

挥动镰刀的人已经老迈
少年牵引的风筝没有了踪影
村庄的一缕烟火，和我手里的
半首短诗
正在风中凌乱

山高路远
灯光，依然阑珊
酒香，情暖
那一笔一画的乡愁
继续在思念中曲折，蜿蜒

再来一杯

不说蹉跎
那些，被喝空的酒杯
还荡漾着岁月的柔波

晚风轻凉，我们
席地而坐
诉说往事里的悲欢离合

来，再干一杯
再稀释一下这浓稠的夜色
你看月光之下
木槿花开得那么婀娜

身边事

月光不下雨
城市依旧安静

路灯下
拖着满足和疲惫的脚步
孤独行走的背影
那是刚做完清洁的大婶

一天又一天
在马路上，在垃圾桶旁
并不强壮的大婶
用坚实的双手驱走尘埃
换来城市一片清新

树的细语，如流动的风景
奔赴一条又一条街道
大婶用汗水筑起城市的丰碑
前行的身影
是天下绝美的画面

雪花正在飘洒

雪花芬芳
新年的钟声荡漾

灰蒙蒙的天空下
落雪飘进寂静的森林
即使苍白的表达
也是人间，最美的情话

视野里，一枚枚雪花
不断飘洒，融化
而枝头暗藏的蓓蕾，幼芽儿，正
缓缓地在岁月深处，吐出
梦的芳华

惊艳中，那匹旋转的木马
正带着我回到童年
回到开过花的故乡
这样，我就再一次拥有了
一路风雪，一窗霜花

仰望春天

翘首蓝天的玉兰花
枝头暗香浮动
芬芳阵阵

单纯冷艳的美
无须绿叶的陪伴
开一片盎然的春色

树叶和草丛中的花瓣
在太阳底下喘息
春光渐渐流出世界

远远望去
粉的白的高枝朵朵
仰望春天

春雪

初春的雪花
凌空盛开
小鸟低飞
朵朵油菜花
暗藏着黄金
镶进洁白的童话

那些曾经的故事
忽近忽远
一一掠过
风抖动着起伏的山峰
在此刻留白
一行行清晰的脚印
指向天涯

心语

岁月蹉跎
日记里的故事已褪色
我熟悉的同伴
正在步入中年

白纸，黑字
风雨，波澜
这些年，我习惯了遗忘
也习惯了伤感

轻轻地翻开往事
默默地在一杯清茶里
回味昨天
啜饮心语

医院的走廊上

无风的清晨
窗外，一束光
折射在医院走廊上

一些皱着眉头的患者
直立或伏身
骨骼沸腾
裹住岁月的无常

天使匆忙而过
亮开白色的翅膀
不怎么言笑

我望向窗外的太阳
走一步，它就跟一步
仿如藏在心里的渴望
拿捏着延伸的走廊

稍远一点看过去
群鸟拽住太阳

笨拙地往上爬
转眼不知去向

愿上帝赐予烟火银针
吹散人间摇晃的疾苦
灸着不能行走的余生

此刻　一缕缕太阳
分泌着
吉祥的光芒

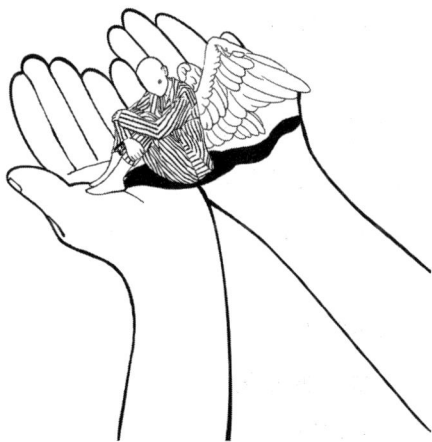

莲

红尘寂寞
所有美的元素
顷刻间，都被一场大雨
激活

当雨过天晴
田野里布满了
碧波，草木
彩蝶，蛙声

此刻，我陶醉在
人间的美景之中
欣喜，忘我

清风吹来
一朵朵莲花盛开
几只蜻蜓
采撷着精美的色彩

雪，依然在下

无意间
一枚雪花飘下来
用圣洁的白
修饰着古老的神话

我梦中的王子
佩剑，骑着高头大马
他征服的江山
辽阔，浩瀚，唯美，如画

民众慈悲
在广袤的田野上春种，秋收
用淳朴的方式，繁衍后代
书写盛世繁华

也许，我应该闪亮登场
在王子途经的路旁
手捧鲜花
在便签上悄悄地写上情话

这样，他就可以为我下马
放弃征战，微笑着
和我走进花园

雪，依然在下
时急，时缓
掩盖着远方的烽烟

心里的一片海

三月桃花
以温暖的姿态，静吐芬芳
散发着天外之香
仿佛林间分离，却又彼此相依

花开鲜艳，深情朵朵
装饰着流年的梦
风吹来，皱了心底的涟漪

纤纤飘落的花瓣，看湿了我的眼
远望生命不息的角落
魅惑转声，让苞绽放
寻入你的内心

听，旭日升起
光芒贴近花瓣，倾洒着情怀
迎一席阳光，赏一场花开
心里的一片海

赛龙舟

碧波荡漾的洞庭湖面
几只扁舟，风雨里
以高亢的呐喊声
热血开赛

堤岸上
加油助威声
响彻天空
划出了万里山河
锣鼓嘹亮激荡满怀

端午龙舟
是历史留下的壮观
一种念想，一缕情怀
茫茫湖面上，雨中奋楫
抵达历史的肩头

人生

打开抽屉
掏出信笺，钢笔，日记，和
杂乱的思绪

令我动容的，是那些
旧日的云霞，风霜，雨滴
缠绵的柔情，乐曲
无声的孤独，以及
飞逝的花语

忘掉忧伤吧
在荒野里穿行
在波涛上驰骋
在快乐中发出
希望的绿光
书写新的人生

用爱与世界和解

空气寒凉
夹杂着轻雾，秋香
一棵古老的梧桐
被光阴染黄

我们在书庐，煮酒，听风
在纸香浓墨间寻找梦想
追逐英雄

经历了太多风雨
跋涉了太多路程
红尘中我已放弃执念

默默地用爱
与世界和解
温暖自己的人生

暴风雨来临

没有彩排
所有的喧哗
正在加剧恐怖的色彩

闪电抖动
头顶上的众神正在搬运云朵
蚂蚁使用最大的力气，往巢穴
抢运最后一粒香米

雷鸣轰动
乌云被一次次撕破
大雨瓢泼
匆匆赶路的人
撑起花纸伞
迈入新的天地

一朵云

当天空的一朵云
成为大地上的一片雪
我手舞足蹈，折下树枝
在风中，写下思念，喜悦

时光斑斓
跋涉的人渐行渐远
流水淙淙
落叶已成为新的书签

身在他乡
我常常心怀惆怅
站在初冬的余晖里
我一言不发，静静地
目视着远方

故乡

站在故乡
我竟然无语，彷徨

田野广阔
茂盛的庄稼正在拔节，灌浆
一只只飞舞的喜鹊
不停地播报着吉祥

熟悉的老房子
已经开裂，斑驳
我紧紧攥着手中的钥匙
却打不开一把锁

街巷幽深
我已找不到梦中的亲人
几个陌生的孩子跑过来
嬉笑着，把我拉进
他们的家门

岁末

岁末，天空暗淡
清冷的雨滴，落叶
深化乡愁的细节
依然有花朵摇曳枝头
用余香酬谢奔波者

小酒馆热气升腾
红光满面的迷离眼神
再一次端起酒杯
相互对饮

吆喝声，叫喊声
缠绕发呆的天空
那低飞的小鸟
不断挥舞着羽翼
敞开心扉
通往岁末深处

春潮

寒流来袭
一片片雪花呼朋唤友
扑进我的回忆

一缕缕冷风
掠过梅花
吹过梦呓
吹醒故乡的沉寂

小鸟还在飞翔
在追逐梦想，而
大地苍茫

那时候，千里冰封
但我知道
冰面之下，早有
春潮涌动

心愿

山峦起伏，大地静谧
葱茏的树木，错落在
忽明忽暗的花香里

炽烈的阳光炙烤着众生
洁白的云朵在空中飘逸

安居在钢筋混凝土构建的城市
我们心怀慈悲，一次次
为那些在酷暑中挣扎的植物祈雨

春天，我们翻开泥土
种下乔木，针叶草
为拥挤的城市安神

此刻，云朵聚拢
电闪雷鸣间，一滴滴雨落下来
滋润着圣洁的生灵

争夺春光

摘掉面具
舒展的新芽儿
接受照耀，滋润，慰藉

拥挤的生活
堆积着浪漫的思绪
灵魂孤独
屏蔽着喧嚣，虹霓

清风吹拂
一枚枚种子展开翅膀
娇嫩的叶子开始摇曳
碰撞
争夺春光

飘向家乡的春

夜色暗涌时
大片大片绿
从山上飘过来

风起时
春已挂上树梢
又一次将自己绽放

美好的旋律
在落花的留白里
自由飞翔

黄白相间的花朵
正落入大地的怀抱
糅合，跳跃

夜空带着我的思绪
把飘向家乡的春
汇成你我的人间岁月

盘中餐

凉拌，清蒸，爆炒
一盘盘美味端上来

推杯，换盏
每一道佳肴入口
酒兴大增
不辜负大好时光，和
上好的心情

这时候，一个年迈的拾荒者
从窗外走过
我放下筷子，在缓慢的咀嚼中
突然想起，当年
父母节衣缩食
吃糠咽菜的情景

智轨公交来了

拥挤的车站
一张张匆忙的面孔
凝视着站口

风，在手掌里
一片蔚蓝在天空里绽开
阳光在一朵云上小坐
等待，藏在看不见的心里

春的脚步已走近
一双双眼睛不说话
笑容却在车流的缝隙里蔓延

我立在站台旁
嗅着公交车尾白雾的味道
想象着全自动化的乘坐服务
一项伟大的工程在建中
急切，化为了惊喜和新奇

进站的公交车

一辆接一辆

一双双渴望的眼睛

在时光中次第交替

看城市的匆忙

目睹科技飞速发展

劳动人民的汗水堆积

憧憬，即将在现实中呈现

暗许一段红尘心愿

不忘初心

与岁月

相约明天

年后

推开门窗
把鸟语和花香
放进来

晨光下
绽放的迎春花
已款款走来
微风拉扯着
一瓣瓣花香入鼻

年后
匆匆赶路的人
在红绿灯和车流中穿行
寻找新的方向,进入
新的剧情

人海中
每一张笑脸都那么温馨,生动
如同漫步花海
沐浴着醉人的香风

桂花开了

桂花开了
如雨，铺天盖地
一粒鸟鸣，站立花丛
闻香起舞

这是多么宏大的场景
一朵朵桂花服从一种约定
从丛林深处亮出惊艳的色彩
蜂拥着盛开

天空蔚蓝
几位神采飞扬的女人
正在重阳节里谈笑，漫步
拍照，定格色彩

我被暖暖的阳光包裹着
被袭人的香气熏陶着
也让我想起故乡
想起金色的大地上
奔涌的秋水

澎湃的稻浪

这就是美丽的乡愁
花香遍地
丰收在望

“荷”你相约

七月，我携带着请帖
去远方赴约

风声轻柔
花香点点

来到河塘
“荷”你相约，情对望
我吸吮你淡雅的清香

蜻蜓点水
露珠闪烁
微波荡漾

无须抒情
“荷”你在一起
就是最美妙的时光

夏日里

梯田里，老农在耕作
土灶上，翻滚着香喷喷的米汤
一盘爆炒的红辣椒
增添着美美的色调

在他乡，遇到故知
品味土鸡蛋、土鳝鱼
用方言，提取回忆

无数次梦回故乡
无数次感慨万千
儿女情长

生活在陌生的城市
面对不同的语言，沧桑的面孔
山路，小桥，流水
我常常言不由衷

风车旋转
岁月无声

那一缕缕蓝色的炊烟

依然在故乡飘动

第三辑　追寻篇

筑梦新时代

时光无言
记忆如尘埃
用汗水，勇气
洗净过往不堪
用智慧，续写美好篇章

怀古，思今
抖落身体里的沧桑
数着一圈圈年轮
泼墨留香，唤起诗心
谱写新乐章

追赶光阴
让季节流转轮回
在那一粒灯火里，筑巢
让生活亮起来
阔步新时代

去有风的地方

长夜无风
一枚蓝色的月光
映照着远方的苍茫

山川肃穆
一簇簇紫丁香
摇曳着迷人的芬芳

黎明到来
蓬勃的草木腾起细浪
我喜欢带着春天的气息
在异乡经营梦想

春色越来越浓
我将不再彷徨
要去有风的地方
去辽阔的大海，征服
惊涛，骇浪

弹奏爱在时光深处的琴者

张三里

诗人并不是什么特别的人，诗人同样是生活在庸常俗世中的普通人。刻意把诗人与生活中的芸芸众生进行剥离，大抵上是因为写诗的人写了诗的原因。写诗的人恰恰又是芸芸众生中的极少数，诗歌不能给一个人带来多少经济价值，相反，需要写作者全身心投入，最大的回报就是写作者得到心灵的安慰。这是一种狡辩，也是一种诚恳的回答。写诗的人，应该用更加宽慰的心情去理解人间世态和人情世故才对，不能苛求不写诗的来宽慰写诗的人。作为诗人，与常人不同的是，总是隐藏着一颗敏感的心，有一双洞察世道人情的眼睛，与万物互动，形成审美体验，转换以诗性的语言抒写与表达自己内心的情感。

湖南诗人倪美群是一位静立在诗歌世界里的写作者。在众多芸芸众生之中，她是温情在生活之中的普通人，而她内心之中始终保持着一种纯洁的美丽。她用她心灵的美丽练就了一支娴熟的赋诗之笔。这么多年来，默默地用她灵动、细腻、深切的感悟与生活沟通，用诗行表达自己内心独具的人生体验。

丰富而多样性的生活内容抒写是倪美群诗歌的一方面。在她的作品中，有写内心感知的，如《别样的寂静》《寻觅花香》《春风那么暖》《飞翔是每颗心的梦》《七秒记忆》等；有写父母亲情的，如《母亲送我过河》《女儿远嫁》《蹲在田埂上的父亲》等；有写时光飞逝的，如《星星划过天空》《春天的颜色》《春天不懂忧伤》《那一粒灯火》《去有风的地方》《岁月青葱》等；有写乡愁心韵的，如《醉在他乡》《飘向家乡的春》《家乡的竹林》《又是一年端午时》《金黄色的乡愁》《清明念想》等，这些作品题材都是取自日常普通生活，却又抒发出属于她自己的一种性灵脉动。倪美群说："夜色落幕，寂静如水。置身于一间黑暗的屋子，点亮一盏灯，一束光，扑面而来！目光里的坚毅把世界照亮，温暖万物，天空中布满了星星，思想的音符在文字上滑翔，我在灯火里打捞记忆的影像……"她是这样说的，也是这样做的。正因为如此，她才能从芸芸众生中，找到诗意的画卷。

诗人在《别样的寂静》一诗中写道：

> 月亮初升，草木摇曳着 / 荒野，一片宁静 / 漫步在夜色里，聆听风声 / 虫鸣，光阴幽暗 / 远山朦胧 // 这些年，我不断跋涉 / 逐梦。漫长的路上布满了荆棘 / 沙砾和云影 // 辽阔的夜 / 只有几粒耀眼的星星 / 落寞地闪烁

这首小诗，表达诗人内心追寻的情话。那个静立在月牙儿初升、草木摇曳着荒野的宁静之中女孩，那个漫步在温润的

夜色之中聆听风声、虫鸣和远山朦胧的女孩，那个在有几粒耀眼的星光依稀地闪烁着的辽阔夜空之下的女孩，尽管成长的路上布满了荆棘、沙砾和云影，但她毅然朝向内心最美好的意愿前行，不停地跋涉，只为逐梦。这首诗写得唯美而灵性，虽然以夜为背景进行抒写，但画面动感而又温存。

清新透亮的生活情感真切抒写是倪美群诗歌的另一方面。凡是能够把诗写到一定高度的人，都具有真诚地抒写生活情感的特质，通观优秀诗人的作品，都具有这样的倾向。从熟知的生活和真切的感知出发进行写作，是一个诗人成功的基础，是写出精彩之诗的根本要义之一。事实上，一个诗人，能写好他所熟知的生活及内心一隅，已经很了不得了，已经基本完成了他情感的初衷。优秀的诗人，能从世事表象中发现他人所看不到的东西，春风和雨、轰轰烈烈的东西，人人都能从表象上感受到，容易被忽略的东西往往是隐藏在表象之下的那些无法以形式进行呈现或定格的东西，那些微小的、微妙的、转瞬即逝的东西，往往是常人并不关注却能打动诗人内心的东西，因此诗人必须具有一种特别的"神经质"才能敏锐地感知到那些事物表象之下的情感。

诗人在《我的情深你若懂》一诗中写道：

夜色缓缓，涂抹 / 一座城市的喧嚣和孤寂 / 一盏盏灯光，让 / 褪色的典故 / 以及传说，复活 // 在一幕幕温婉的黑夜 / 还是会记起你，和 / 一些温暖的诗句 // 风那么紧 / 香樟的叶子 / 在颤抖的目光中 / 摇曳，破碎 / 搁浅洁白的思绪 // 你若懂，所有的情

深／和伤痛／就不会欲言又止，或者／言不由衷／／
日子没有什么不同／我只想，在疲惫的时候／靠在
你肩头，而不愿／在往事的回忆里／跌碎成光影／／
幸福，或者伤痛／总在夜的深处上浮／我，无奈地／
把一颗颗星星，用力／钉在空中

这是一首情切意浓的挚爱之诗，诗中的物象都是生活之中惯常的事物，夜色、灯光、风、香樟的叶子等，甚至惯常到一种"微不足道"的习惯状态，但是，诗人却从这些微小之中，写出了十分细致而复杂的情感。在颤抖的目光中摇曳、破碎的那些搁浅的洁白的思绪，那些在一幕幕温婉的黑夜还是会记起的你和一些温暖的诗句，带着酸涩而又清新透亮的温情，"你若懂，所有的情深／和伤痛／就不会欲言又止，或者／言不由衷"这种炽热爱恋的情感问询，体现了诗中人深深的恋情。事实上，爱与被爱，是一种无理数式的纠缠，恋得越深，往往却对人越残酷，一个恋人，他往往想用心中最美好的期待去换取另一方的心动或心回意转，而现实又总是用一种残酷作为解答，纵然"我只想，在疲惫的时候／靠在你肩头，而不愿／在往事的回忆里／跌碎成光影"，但现实却并不一定有这样一个肩头可供挚爱的人能有一丝喘息，这首诗写得深情别致、情切意浓。艺术是"源于生活又高于生活"的创造，如诗的结束段，诗人把生活中惯常的星星进行艺术转换，"我，无奈地／把一颗颗星星，用力／钉在空中"，这一个"钉"字，就是一种特别的艺术转换体现，把一种深爱而又无奈的思绪表现得淋漓尽致。

文笔娟秀、意境优美是倪美群诗歌艺术呈现上的一贯表现。写作是一生的事业，因为写作永远没有止境，除非生命终结。倪美群是一位辛勤耕耘的诗人，她的作品在艺术呈现上体现了一种特别细腻的诗歌情感叙述方式。

如《心里的一片海》一诗，"三月桃花／以温暖的姿态，静吐芬芳／散发着天外之香／仿佛林间分离，却又彼此相依""花开鲜艳，深情朵朵／装饰着流年的梦／风吹来，皱了心底的涟漪""纤纤飘落的花瓣，看湿了我的眼／远望生命不息的角落／魅惑转声，让苞绽放／寻入你的内心""听，旭日升起／光芒贴近花瓣，倾洒着情怀　／迎一袭阳光，赏一场花开／心里的一片海"，诗歌文字贵在求精，而不在于多，如何把文字凝练成诗句，这是和作者能否真正深入生活之中去体验并能敏锐把握住这种体现的能力密切相关的，我们经常说诗人必须是勤劳的耕耘者，因为只有勤劳地耕耘，才能练就体味生活的触觉和表达情感的笔力。一个诗人在诗歌的道路上能坚持多久，是与韧劲和耐力分不开的，所以，诗人往往有一种傻傻的爱，我们很亲切地称呼这种傻傻的爱为诗人气质。

又如《莲》一诗：

> 红尘寂寞／所有美的元素／顷刻间，都被一场大雨／激活／／当雨过天晴／田野里布满了／碧波，草木／彩蝶，蛙声／／此刻，我陶醉在／人间的美景之中／欣喜，忘我／／清风吹来／一朵朵莲花盛开／几只蜻蜓／采撷着精美的色彩

197

这是一首写景之诗，诗人同样以娟秀的文笔创造出优美的意境。倪美群的诗与她为人处世一样简洁，她总是能在简洁的文字中呈现出个性敏感的故事，"莲"在她的笔下，是一种动态的活力，是一种特别细心的观察才能抓住日常生活小细节的抒写。诗人借助"蜻蜓"与"莲"和谐共舞的优美景观，抒发了内心宁静与美好的情怀。

保持诗歌内容和语言的珍贵与圣洁是倪美群在诗歌之中的一直坚守。当代诗歌写作，俨然已经分成了两个大方向，一部分写诗的，放纵了文字的严谨，甚至放弃了诗歌最基本的情理美；还有一部分写诗的，包括倪美群，一直在诗歌的高地上坚守传统与现代的融合，保持诗歌语言的张力，追寻诗歌情理美的意韵。

一个诗人创作一首诗，在创作的过程中有一个临界点，这个临界点就是创作之前到落笔之间的时间点。诗人的一生，大抵上就是一直去寻找诗的临界点。一首诗写完之后，诗人会有一种如释重负之感，因此，诗人的快乐是短暂的，只存在于写作的过程之中。只有在心灵之中保持一种美好的人，才能在生活之中保持一种积极的心态。一个人可以不是诗人，但一定要保持一种美好的心态。诗人不过是在保持美好心态的同时，用笔进行抒写的人。

正如倪美群在《人生》一诗中写的内容：

打开抽屉 / 掏出信笺，钢笔，日记，和 / 杂乱的思绪 // 令我动容的，是那些 / 旧日的云霞，风霜，雨滴 / 缠绵的柔情，乐曲 / 无声的孤独，以及 / 飞逝

的花语 // 忘掉忧伤吧 / 在荒野里穿行 / 在波涛上驰
骋 / 在快乐中发出 / 希望的绿光 / 书写新的人生

  重庆著名诗人唐刚在谈关于诗歌创作的观点时说："诗，是
人类精神最后一片净土。诗，是人类灵魂最后的栖息地。诗，
无论'现代'到何种程度，总是要让人读懂的文字。言志，抒
情，诗美，永远是诗创作要达到的三种境。'回归传统'是诗
的大趋势。这个传统当是广义上的传统，即在中华民族几千年
优秀诗歌传统基础之上不断发展、创新。创新，只能是在传统
与现代的融汇中创新。"倪美群的《人生》是一首"言志抒情"
之诗，如她的众多诗篇一样，保持着一种灵魂纯净的抒写。
  诗歌是人类灵魂境界的最高表述形式之一。从《诗经》
开始，几千年来，中国文化始终以诗歌为载体之一，传播和演
绎着中华文明，展现中华的人文精神。几千年来，无数个以汉
语为抒写的歌者，扎根于中华深绵悠长的文化之中，倾诉内心
向真、向美、向善的情感。
  纵观近些年倪美群的诗歌创作，在她的作品之中，生活
的细节、画面的呈现、意境的铺设，都体现出了诗人独具的唯
美追寻，诗人总是能将情感细节与语言抒情结合得恰到好处，
她仿佛是月光大厅之中一位钢琴师，用她诗歌的指尖，抒写唯
美求真的心灵轻音乐，体现了诗人内心独具的灵慧。

    （本文作者系新疆兵团第三师图木舒克市文艺
评论家协会副主席,著有诗集四部、文艺评论集二部）

弹奏爱在时光深处的琴者

品味幸福

　　下雨的时候，心事落在窗外；天晴的时候，风是温软的。清晨，太阳还停在远处，蓬勃的事物已开始生长；黄昏，树梢上一层淡淡的金黄，天空弥漫着白茫茫的炊烟，有火焰在跳动。在这美的世界里，将"一粒灯火"轻轻捧在掌心，在摇曳的瞬间，用文字浓缩生活点滴，用诗歌品味幸福的内涵，记录自己的人生岁月和往尘旅迹。

　　我从写作多年的诗稿里，辑录了158首现代诗歌结集出版，让文字变成灯火照亮远方。全书分三辑，第一辑"温暖篇"52首，抒写记忆中的温暖与亲情乡情，抒发对自然、家乡、亲友的热爱。第二辑"等待篇"，53首，在浅浅岁月里，在生活中感悟人生，在等待中笃定前行。第三辑"追寻篇"53首，借诗歌言志，表达勇于面对，敢于追寻的坚定。用心触摸温暖，用安静、清新的笔墨抒写自己独特的人生经验和感悟，既有浓郁的乡愁，又有多彩的画面，情感真挚。本诗集中的大部分作品都已刊发在报纸杂志上。虽然不确定这算不算好诗，但我明白的是自己在用心写的，那些贴着心灵的血肉事情，用文字表达，延伸出的许多感悟，于浊世间抱紧月光下的梦境，于太阳的背面添加一份人性的温度。唯愿自己的表达能被人理解、读懂，就像聆听一条河流，让声音把文字飞起来、站起来，带去我行走的痕迹。那些感觉、经历和认知，希望能和读者达成共鸣。我想，这本诗集对于喧嚣的当今诗坛来说也许是另一种独特的呈现，为往后自我的提升创造一种积极的引领价值。为此，更要感恩身后老师们的鼓励、支持、关注和期待，让我在写作路上不再彷徨。

美国诗人奥利弗说："诗歌的自然，既有神性，又要有自我体验。"是的，叙述自然世界的平凡事物，用诗歌形式表达日常，是打碎生活，拾起碎片再重塑的过程。这需要体验生活的疼痛、孤独、无奈、激情与良善等；就像每一枚珠宝，璀璨的外表，它要经过诸多锤炼，才能完美演绎出它的美丽、它的灵动、它的经典。诗歌也是如此，它是关于人类处境的理解，是一种修行，也是战胜自我的秘密武器。

一首好诗，清新的句子，通透的语言，独特的立意，是要经过很多次打磨，把心情进行光合作用，去表达完整的结构，用美的质感、创新、创意来还原生活、感受诗意，让灵魂的光芒照亮生命。诚然，许多时候，自己的情绪都是关乎生活的体验带给自己的心情，所以，未来路上更需努力、进取。这个世界，不会刮相同的风，但太阳是同一个；写诗需经过细细琢磨后才能把那些光辉铭记。创作的理念，诗歌的穿透力和书写的维度等，同样是万变不离其宗的。笑看花开，是一种好心情；静赏花落，也是一种好境界。那么，即便是一粒灯火，也能看到彩虹。

平淡的流年里，那些相遇的美丽、那些铭心刻骨的往昔，用文字以一种宁静、以一种心境呈现，写下岁月的慈悲、人间挚爱，让生活感觉一直有幸福在生长。一个人最不能忘记的是城市的面孔和父母亲的脸庞。所以，在我的诗集里，写关于父母亲的不少。父亲、母亲一生勤恳本分，恪守清贫，慈爱良善，辛劳谦卑，节俭宽厚，与人为善。人生路上，不管多难，想起他们，就有走下去的勇气。

我站立在大地上，听风声，听雨声，体会年轮深处的美好，谨记父母亲教诲，收获更多的人间涟漪和快乐。坚持、信仰，在这里变得纯粹。也因为热爱，所以喜欢。一些美丽的句子，富有神秘节奏感，会让整个世间变得美好。行走于尘世，美丽万种，可永远也忘不了家乡的一草一木、家乡的情、家乡的爱。这些在写作里，也都是诗歌细节的铺设。那别样的情怀，诗意"自然"地流露，丰富了生活的意义。

当风起的时候，一朵花悬在半空。人生路上，点着灵魂的灯火，追寻那一束光，寻觅光源，让生活增值，用文字表达来自生命的疼痛和温暖、简单和朴实；追寻自然与心灵的沟通，阅读生活中的一些细节，收获属于自己的所思所想，让诗句贴近读者，并期待产生更多共鸣，让文字的气息在岁华中发光。

生命之光，总是在经历中积累，沉淀，蜕变，从而纯净明亮。时光流动，在积攒的希望里，不断努力，不断付出，默默续写梦想。尽管人生历经沧桑，时常带出眼眶的泪，但它永远是生命中一笔无价的财富。走过，累过，哭过，悲伤过，才会飞翔；幸福，就是把自己的灵魂放在合适的位置。莫言说："生命里，总有一朵祥云为你缭绕。"所以，在辽阔的生命里，我品味人生，品味幸福，敬畏诗歌。